LAURENT DE BRUNHOFF

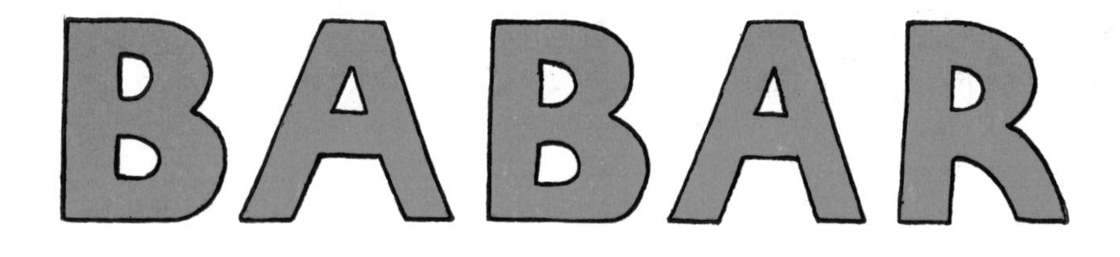

dans l'île aux OISEAUX

Hachette

Imprimé en France et relié par I.M.E. - 25110 Baume-les-Dames
Dépôt légal N° 41316- Décembre 2003
22.11.0231.25/5
ISBN : 2-01.002547-4
Loi n° 49956 du 16 juillet 1949 sur les publications
destinées à la jeunesse

Un jour, au pays des éléphants,
Pom, Flore et Alexandre,
les enfants du roi Babar
et de la reine Céleste,
ont décidé d'aller faire une promenade ;
ils ont vite pris leur petit déjeuner.
Leur cousin Arthur et le singe Zéphir,
qui leur avaient promis de venir,
sont en retard.
« Quels gros paresseux,
dit Alexandre qui s'impatiente,
tant pis pour eux ;
partons sans les attendre. »

En longeant le bord de la rivière, ils aperçoivent trois oiseaux dans un bateau à voile : deux grands échassiers aux belles couleurs

et un canard vert qui leur dit : « Bonjour petits éléphants, pouvez-vous nous dire où se trouve le roi Babar ? »

Les oiseaux
sont venus
transmettre
à Babar
un message
l'invitant
à venir dans l'île
avec sa famille
et ses amis.
Pom et Alexandre courent chercher Arthur
et le vieil ami du roi, le général Cornélius.
Babar va demander au capitaine
de préparer les bateaux : « Il faut vite partir,
dit-il, pour avoir une longue journée. »

Les deux garçons
font le voyage
sur le dos
des grands
oiseaux,
Flore
dans le petit
bateau
du canard vert,
Babar, Céleste, Arthur et Cornélius
dans les grands bateaux des éléphants.
Leur amie la vieille dame ne vient pas;
elle a peur d'avoir le mal de mer; Zéphir,
le petit singe, reste pour lui tenir compagnie.

Entourés d'un vrai feu d'artifice d'oiseaux, les deux petits éléphants ne savent plus où regarder.

« Quelle arrivée magnifique, dit Alexandre,
Flore a eu bien tort de choisir le bateau du canard vert ! »

Les éléphants ont débarqué.
Les grues et les flamants roses
les accueillent en dansant.

Puis les invités sont conduits
chez le faisan tailleur qui leur donne
de beaux habits de plumes.
Céleste reçoit une belle robe grise; Babar
une cape rouge et blanche. Arthur et Cornélius
sont très fiers de leurs plumets.

Le professeur Marabout.

Le pélican facteur.

Le roi des oiseaux s'appelle Cyprien, et la reine Ursule.

Les faisans tailleurs.

Le flamant rose et la grue danseurs.

Le docteur Ibis
et le jardinier cigogne.
Les voici tous les deux
avec quelques habitants
de leur île.
Le vautour boucher.
Le perroquet et le paon acteurs,
avec le rossignol chanteur.
Les poules crémières.

Ils rencontrent le professeur Marabout devant le grand champ de fleurs. Cornélius remue les oreilles, chatouillé par le bourdonnement des abeilles

et le bruit des vagues. Arthur est très intéressé par les ruches et demande des explications aux autruches qui recueillent le miel dans leurs petits chariots.

que devient le miel versé dans cette fleur-entonnoir? Pom et Alexandre se faufilent dans la petite maison verte. Coincés dans l'ascenseur, ils arrivent au sous-sol ; les pélicans font un délicieux pain d'épices en se servant de leur bec comme d'un moule.

Les deux gourmands en rapportent quelques morceaux ; ils se régalent avec Flore et les cigognes étonnées de leur appétit d'éléphants. Babar est invité par les hérons à goûter leur liqueur de miel. Quel dommage ! Les tonneaux ne sont pas au-dessous de sa trompe...

«Cocorico!»

C'est le coq qui crie de toutes ses forces: «Avis aux habitants

et visiteurs de l'île! A cinq heures: Course à l'autruchodrome. Venez tous! Venez tous!»

Tout le monde se précipite vers la piste. Le professeur Marabout, si calme d'habitude, se dépêche et court comme les autres.

On hisse les éléphants sur les grands
arbres. Ce sont les places d'honneur :
De là-haut, ils voient la piste tout entière.
Cornélius, lui, préfère ne pas monter
il se trouve trop vieux.
Les autruches sont impatientes,
les jockeys se préparent.
« Je voudrais bien que tu gagnes »
dit Flore au petit canard.

La course a commencé. Dès le départ, le coq prend la tête.
Il est déjà tout fier, mais le petit canard et son autruche font

tout ce qu'ils peuvent pour le rattraper. Les spectateurs retiennent leur souffle. Arthur en perd presque l'équilibre...

Il le rattrape !

. . . .

Il le dépasse !!

. . . .

Il a gagné !!!

Aussitôt, poussant des cris perçants, les grues, les perroquets, les flamants roses, les canards, les pélicans, les cigognes, les oiseaux de toutes les couleurs tourbillonnent autour de lui.

« Hourra ! Bravo ! Qu'on le porte en triomphe ! »
Deux marins le soulèvent et le posent
sur leur trompe. Heureusement, car
il commençait à étouffer au milieu
de ses amis enthousiasmés. « Au nom du roi
Cyprien
lui dit
Cardombal,
je te remets
la fleur
du gagnant. »
Mais le petit canard
est timide
et il s'échappe
bientôt
avec Flore.

Le petit canard emmène
Flore dans son bateau.

Du haut du phare,
les aigles les regardent
pêcher.
Flore attrape
un énorme
poisson,
aussi gros
que le bateau...
Le poisson résiste,
Flore tire
de toutes ses forces.

Inquiets, les aigles vont vite prévenir les éléphants.

Flore ne lâche pas
la ligne,
le poisson est
furieux !
Il donne un
violent coup
de queue,
saute hors de l'eau...
avale
le petit canard,
et replonge...

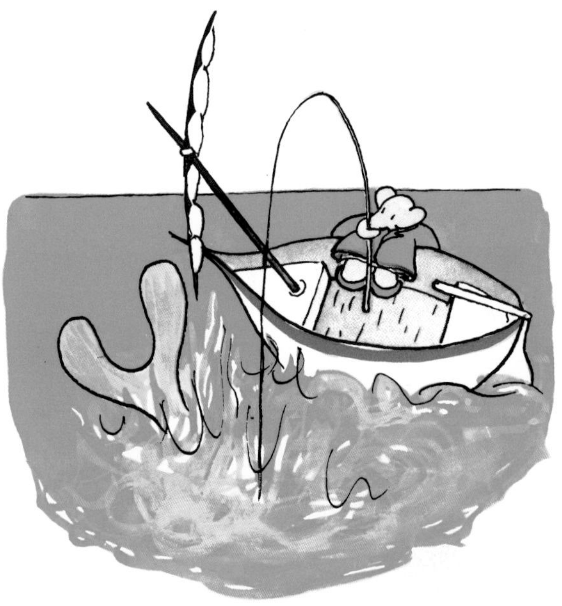

Les éléphants ont entendu le cri d'alarme
des aigles et sautent dans leurs bateaux.

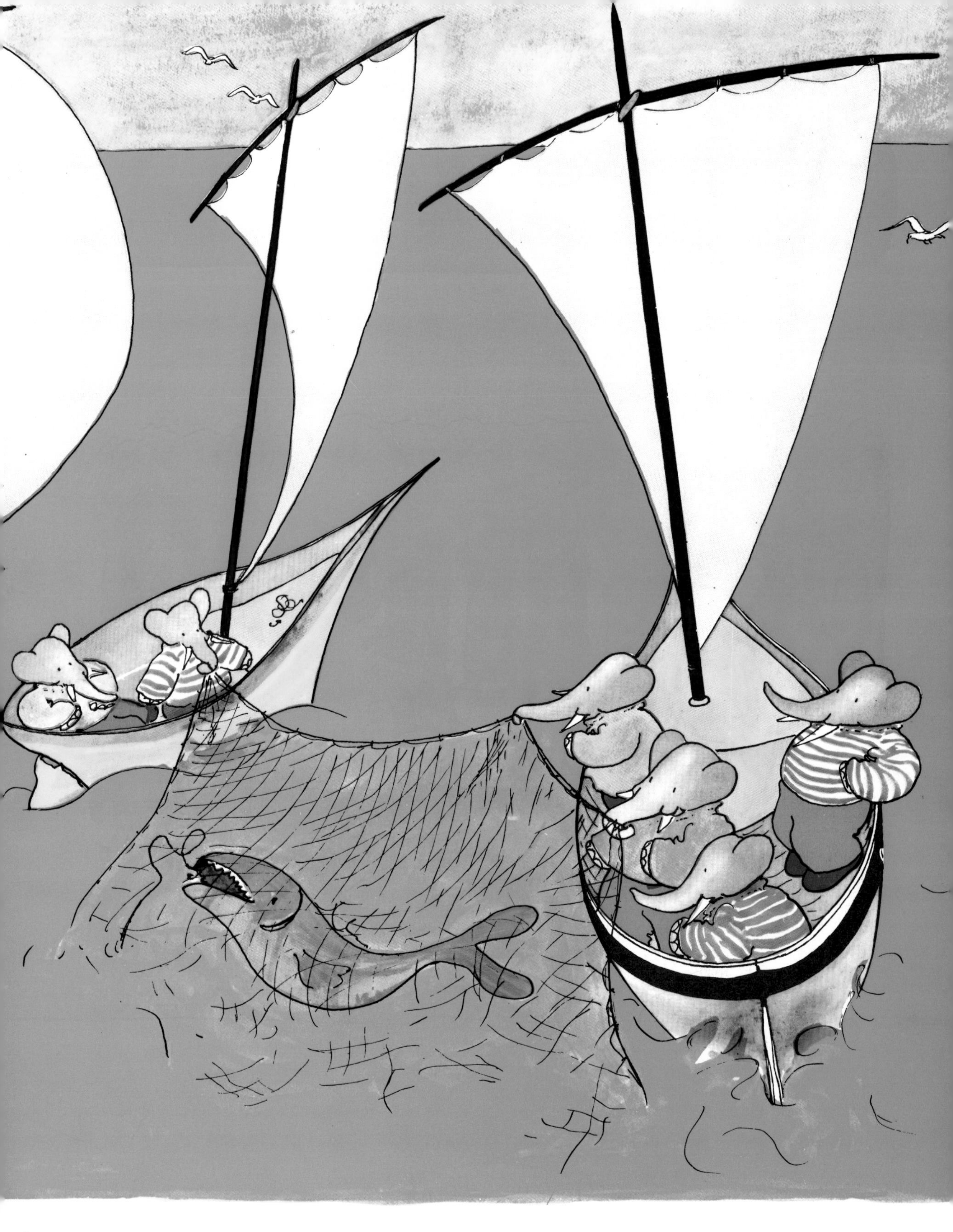

Babar saisit Flore juste à temps. Les marins,
avec leur grand filet, se chargent du poisson.

On le ramène à terre :
Sans perdre une seconde,
Arthur lui ouvre le ventre
avec un grand couteau.
Oh ! Joie ! Le petit canard sort vivant !
Il est simplement un peu étourdi ;
mais le docteur Ibis aura un médicament
pour lui redonner des forces.
Flore, encore toute secouée,
pleure dans les bras de Céleste.